雪田村的彩筆果

主題／實現夢想
字數／約6500字
7-9歲適讀
附漢語拼音

來自閱讀教育專家的肯定

❤ 元智大學通識教學部助理教授　王怡云

　　閱讀〈快樂讀本・中年級〉，就像經歷一段奇幻旅程，讓想像力飛揚了起來！

❤ 臺南市新化國小教師・天下雜誌閱讀典範教師　楊春禧

　　我們總是期待別人善待我們的夢想，因為「期待」，所以才有機會讓不可能成為可能；因為「熱情」，所以才有動力讓不可能成為可能。別小看一己之力，心誠則靈！集眾人之力，可以圓夢！我由衷的推薦這套充滿期待與熱情的童書。

❤ 慈濟大學兒童發展與家庭教育學系副教授　李雪菱

　　進入〈快樂讀本・中年級〉系列圖文共同演奏的世界，您也能在故事中人物的悲喜歡憂樂曲中學會等待、傾聽與看見。

❤ 南投縣敦和國小輔導主任・南投縣教育處創造力小組成員　施淑蓮

　　許許多多例證和科學研究，都肯定勵志故事對於孩子的心智成長、語言發展和人際關係具有既深且廣的正面影響。小朋友的心靈是最純真的，小說的世界也是一樣，在故事中，宇宙萬物都具有人性，都可以成為故事的主角，樹、風、水……都有靈性，都會思考、都會說自己的話，甚至和萬物自由交談。

〈快樂讀本‧中年級〉的世界海闊天空，任你天馬行空、自由翱翔，那是一個迷人的世界，不僅小孩喜歡，就連童心未泯、擁有赤子之心的家長也一樣會喜歡！

♥ 新北市修德國小教師‧作文名師　陳麗雲

閱讀，可以穿愈時空，讓想像力展翅飛翔；閱讀，可以穿梭古今，讓自學力快樂馳騁。閱讀，其實是在學習分享多元的生命。築夢、追夢、圓夢是幸福的過程，那種充實的喜悅，是人生最大的滿足！

♥ 漢聲廣播電臺〈學習就是現在〉、〈心‧生活‧運動〉節目主持人
　吳沂家

〈快樂讀本‧中年級〉系列呈現小朋友長大必備的美好品德及甜蜜經驗，清楚知道並且說出心裏的盼望，引領小讀者想像飛翔，讓生活如同變魔術一般充滿驚喜，不但小孩喜歡，連大人都愛不釋手。

♥ 臺中教育大學語文教育學系教授　劉瑩

想要讓夢想成真嗎？請大家趕快翻開〈快樂讀本‧中年級本〉，來進行一趟神奇之旅吧！

銀白色的雪田村
yín bái sè de xuě tián cūn

　　雪田村位於高聳的深山中，終年
xuě tián cūn wèi yú gāo sǒng de shēn shān zhōng　　zhōng nián

積雪，特別是一到了冬天，還會被各
jī xuě　　tè bié shì yí dào le dōng tiān　　hái huì bèi gè

種形狀、大小不一的雪雲所圍繞着，
zhǒng xíng zhuàng　　dà xiǎo bù yī de xuě yún suǒ wéi rào zhe

是一座銀白色的美麗村莊。
shì yí zuò yín bái sè de měi lì cūn zhuāng

　　冰天雪地雖然無法種植蔬果，但
bīng tiān xuě dì suī rán wú fǎ zhòng zhí shū guǒ　　dàn

是雪田村中還有着獨特的產物，那就
shì xuě tián cūn zhōng hái yǒu zhe dú tè de chǎn wù　　nà jiù

是「彩筆果」與「雪田花」。彩筆果只在
雪地中生長，擁有各種色彩；雪田花則是
將雪雲中的結晶取下，製成各種形狀並用
彩筆果上色，是山下居民爭相換購的裝飾
品。

山腳下的居民們總喜歡把雪田花裝
shān jiǎo xià de jū mín men zǒng xǐ huān bǎ xuě tián huā zhuāng

飾在牆壁和玻璃上，讓家裏顯得明亮又
shì zài qiáng bì hé bō lí shàng　ràng jiā lǐ xiǎn de míng liàng yòu

絢麗。
xuàn lì

少女則會選擇別出心裁的圖案，將
shào nǚ zé huì xuǎn zé bié chū xīn cāi de tú àn　jiāng

它們縫在裙子上。每當微風吹拂，雪田花
tā men féng zài qún zi shàng   měi dāng wéi fēng chuī fú   xuě tián huā

就會隨着裙襬搖動，閃耀、飄逸又靈動。
jiù huì suí zhe qún bǎi yáo dòng   shǎn yào   piāo yì yòu líng dòng

　　每當情人節來臨，少年就會送上一束
　　měi dāng qíng rén jié lái lín   shào nián jiù huì sòng shàng yì shù

雪田花做成的花束，給心儀的對象，表達
xuě tián huā zuò chéng de huā shù   gěi xīn yí de duì xiàng   biǎo dá

自己的愛意。
zì jǐ de ài yì

藍心是雪田花設計師，能設計出各種圖
案。每到冬天，她會第一個探入雪雲，尋找
品質最好的結晶。等到累積足夠的量時，藍
心就會開始進行製作雪田花的工作。

她會在腦海中構思出美麗的圖案，透過

靈巧的雙手，塑造成晶瑩剔透、光彩閃耀
líng qiǎo de shuāng shǒu　sù zào chéng jīng yíng tì tòu　guāng cǎi shǎn yào

的雪田花。
de xuě tián huā

　　而上色的彩筆果就要靠彩苗提供了，
ér shàng sè de cǎi bǐ guǒ jiù yào kào cǎi miáo tí gōng le

彩苗擁有得天獨厚的繪畫天分，還能種出
cǎi miáo yōng yǒu dé tiān dú hòu de huì huà tiān fèn　hái néng zhòng chū

一株株的彩筆樹。
yì zhū zhū de cǎi bǐ shù

春天，彩苗會將各種顏色的彩筆種子，播種到雪地裏。等到春末夏初，種子就會長出充滿生命力的彩筆幼苗。夏天，幼苗會開始茁壯、長大，逐漸長成了彩筆樹。秋天，彩筆樹上開出絢爛奪目的彩筆花。

冬天就是雪田村最重要的季節了。此時每朵彩筆花都會結出一顆彩筆果，每顆彩筆果擁有不同的顏色，比一般顏料的顏色更美麗、飽和。

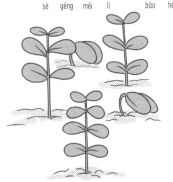

不過，
bù guò

並不是每株彩筆樹
bìng bú shì měi zhū cǎi bǐ shù

都能夠順利開花結果，而且彩
dōu néng gòu shùn lì kāi huā jié guǒ　ér qiě cǎi

筆樹在結果之後便會死去，到了隔年春
bǐ shù zài jié guǒ zhī hòu biàn huì sǐ qù　dào le gé nián chūn

天，一切都要重頭來過。只有像彩苗一
tiān　yī qiè dōu yào chóng tóu lái guò　zhǐ yǒu xiàng cǎi miáo yī

樣細心的人，才能年年種出彩筆果。
yàng xì xīn de rén　cái néng nián nián zhòng chū cǎi bǐ guǒ

彩苗一大早就起來了，忙着包裝摘下的
cǎi miáo yí dà zǎo jiù qǐ lái le máng zhe bāo zhuāng zhāi xià de
彩筆果。
cǎi bǐ guǒ

「哇！今年的每一種顏色都是我喜歡
wā jīn nián de měi yì zhǒng yán sè dōu shì wǒ xǐ huān
的！有紅色、草綠色、橘色、紫色……還
de yǒu hóng sè cǎo lǜ sè jú sè zǐ sè hái
有難得的藍色！村民在春天時就預訂的顏色
yǒu nán dé de lán sè cūn mín zài chūn tiān shí jiù yù dìng de yán sè
大部分都有呢。」
dà bù fèn dōu yǒu ne

「彩苗姊姊，真是太好了！這裏的每一
cǎi miáo jiě jie zhēn shì tài hǎo le zhè li de měi yì
顆彩筆果，都是你辛苦耕種、呵護出來的成
kē cǎi bǐ guǒ dōu shì nǐ xīn kǔ gēng zhǒng hē hù chū lái de chéng
果。」
guǒ

長着一雙翅膀的小斑馬菲菲是彩苗的好
zhǎng zhe yì shuāng chì bǎng de xiǎo bān mǎ fēi fēi shì cǎi miáo de hǎo
朋友，她總是陪着彩苗照顧彩筆樹，直到冬
péng yǒu tā zǒng shì péi zhe cǎi miáo zhào gù cǎi bǐ shù zhí dào dōng
天結出果實。
tiān jié chū guǒ shí

精靈的耳語
jīng líng de ěr yǔ

「雖然只有一顆，但是總算種出藍色
suī rán zhǐ yǒu yì kē　　 dàn shì zǒng suàn zhòng chū lán sè

彩筆果了！我要拿來畫完那幅圖。」
cǎi bǐ guǒ le　　 wǒ yào ná lái huà wán nà fú tú

　菲菲猜測着：「是那幅一直還沒有完
　 fēi fēi cāi cè zhe　　 shì nà fú yì zhí hái méi yǒu wán

成的畫嗎？」
chéng de huà ma

「對呀，我
一直想完成它，
現在就只剩下畫上
藍色了。」

「我記得彩苗姊姊想成為偉大的畫
家。為甚麼呢？」

「因為我真的很喜歡畫圖，希望可以
畫出傳遞愛與幸福的畫作。」彩苗說到畫
圖時，眼睛就會亮了起來。

聽美美婆婆說過，很久以前的雪田村
tīng měi měi pó po shuō guò　　hěn jiǔ yǐ qián de xuě tián cūn

處處充滿繽紛色彩，跟現在銀白色的村子
chù chù chōng mǎn bīn fēn sè cǎi　　gēn xiàn zài yín bái sè de cūn zi

完全不一樣呢！彩苗暗自希望能透過筆下
wán quán bù yí yàng ne　　cǎi miáo àn zì xī wàng néng tòu guò bǐ xià

的圖，畫出傳聞中的雪田村。
de tú　　huà chū chuán wén zhōng de xuě tián cūn

這時，彩苗手上的藍色彩筆果，突然
zhè shí　　cǎi miáo shǒu shàng de lán sè cǎi bǐ guǒ　　tū rán

化為一隻湛藍色的蝴
蝶，飛到她耳畔翩翩
起舞，彩苗彷彿聽見
蝴蝶說：「今年的彩
筆果，擁有不一樣的力量。可
以完成村民小小的心願喔！」

接着，牠又飛回彩苗的手心，變回了
彩筆果的模樣。

「這是怎麼回事？」彩苗驚訝得差點

說不出話。

　　菲菲想了想，說：「說不定是彩筆果

精靈呢！」

　　「那我應該怎麼做呢？」

　　「先把彩筆果分送出去吧，說不定就

知道答案了。」

　　彩苗接受了菲菲的提議，起身拿起包

裝好的綠色彩筆果，「沒錯！對了，美美

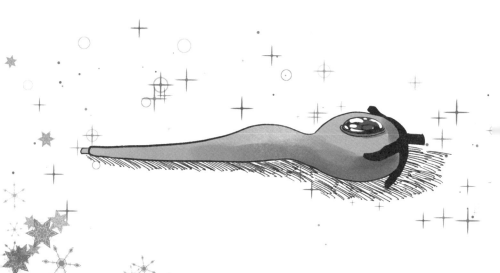

婆婆想要在家門前的圍牆繪上一片草坪，
pó po xiǎng yào zài jiā mén qián de wéi qiáng huì shàng yí piàn cǎo píng

特別跟我預訂了草綠色的彩筆果。」
tè bié gēn wǒ yù dìng le cǎo lǜ sè de cǎi bǐ guǒ

　　「那我們現在就送過去吧。」菲菲邊
　　nà wǒ men xiàn zài jiù sòng guò qù ba　　　　fēi fēi biān

說邊行動起來。
shuō biān xíng dòng qǐ lái

　　「好，出發！」
　　hǎo　　chū fā

一會兒，彩苗和菲菲來到了美美婆婆家。彩苗笑着說：「婆婆，這是今年剛收成的草綠色彩筆果，我可以幫您畫出一片草坪喔。」

美美婆婆歡喜極了，「真的嗎？我好期待喔！很久沒下山的我，已經好久沒見過草地了。」

「沒問題，看我的！」彩苗拍胸脯保證。

接下來，她便開始使用草綠色彩筆果，在美美婆婆家門前圍牆上彩繪出綠色的小草。

沒想到，跟以往不同的奇妙事情發生了……

「叮鈴～～叮鈴～～叮鈴」
　　dīng líng　　　dīng líng　　　dīng líng

　　一陣輕脆悅耳的聲音響起，地上冒出
　　yī zhèn qīng cuì yuè ěr de shēng yīn xiǎng qǐ　dì shàng mào chū

了一株株鮮嫩的綠草。
le yī zhū zhū xiān nèn de lǜ cǎo

　　眨眼之間，雪地變成了一片綠意盎然
　　zhǎ yǎn zhī jiān　　xuě dì biàn chéng le yī piàn lǜ yì àng rán

的草坪。
de cǎo píng

每當風兒吹拂，
就會聞到青草的
香味。

美美婆婆瞪大了眼睛，
不敢相信冷颼颼的雪田村，
竟然長出了綠草。「太感動了！一定是彩
苗的細心照顧，才有精靈現身幫忙。謝謝
你，彩苗！」

　　菲菲驚喜的說：「原來這就是彩筆果
精靈說的力量呀，好神奇！」

第二天，彩苗帶着紅色彩筆果，
dì èr tiān　　cǎi miáo dài zhe hóng sè cǎi bǐ guǒ

跟菲菲一起前往虹妮姊姊的家。
gēn fēi fēi yì qǐ qián wǎng hóng ní jiè jie de jiā

虹妮是雪田村裏廚藝最精湛的廚
hóng ní shì xuě tián cūn li chú yì zuì jīng zhàn de chú

師，經常烹煮美味的料理，請大家一
shī　　jīng cháng pēng zhǔ měi wèi de liào lǐ　　qǐng dà jiā yì

同享用。她在春天的時候，就跟彩苗
tóng xiǎng yòng　　tā zài chūn tiān de shí hòu　　jiù gēn cǎi miáo

預訂了紅色的彩筆果，準備用來彩繪
yù dìng le hóng sè de cǎi bǐ guǒ　　zhǔn bèi yòng lái cǎi huì

專門泡水果茶的茶壺。
zhuān mén pào shuǐ guǒ chá de chá hú

虹妮看到彩苗，無精打采的說：「難得你來了，不過今天卻沒有美食可以招待你。」

彩苗擔心的問：「虹妮姊姊，發生了甚麼事？你怎麼滿臉愁容？」

虹妮嘆了口氣，「唉呀，我在山腰的温室裏種了一些植物，但今年卻怎麼也無法結成果實，真是傷腦筋。」

「你種了哪些果實呢？」

虹妮想了想，說：「紅番茄、紅甜椒，還有酸甜美味的草莓。」

「虹妮姊姊，不妨讓我試試看吧，可以請你帶我到温室去嗎？」

「嗯，好吧。」虹妮不知道彩苗有甚

麼好辦法，但看見她胸有成竹的樣子，就答
me hǎo bàn fǎ　　dàn kàn jiàn tā xiōng yǒu chéng zhú de yàng zi　　jiù dā

應了。
yìng le

　　彩苗一進入溫室，就拿出紅色彩筆果，
　　cǎi miáo yí jìn rù wèn shì　　jiù ná chú hóng sè cǎi bǐ guó

在各種植物上描繪出屬於它們的果實。
zài gè zhǒng zhí wù shàng miáo huì chū shǔ yú tā men de guǒ shí

「叮鈴〜〜叮鈴〜〜叮鈴」

又是一陣輕脆悅耳的聲音，一會兒，

溫室裏的植物開始開花，經過一個下午

後，隨即結出一顆顆的紅色果實。

虹妮終於展開笑顏「哇，好棒喔！

這些可以讓我做出許多美味的料
zhè xiē kě yǐ ràng wǒ zuò chū xǔ duō měi wèi de liào

理，謝謝你，彩苗！」
lǐ xiè xie nǐ cǎi miáo

「好期待喔，我的肚子已經咕
hào qí dài ō wǒ de dù zi yǐ jīng gū

嚕、咕嚕叫了。」貪吃的菲菲馬上
lū gū lū jiào le tān chī de fēi fēi mǎ shàng

接話。
jiē huà

第三天，彩苗和菲菲拿着橘色彩筆果，前往播報台。

晴天在雪田村裏負責播報的工作，她會用美妙的歌聲播報時間、天氣狀況或是重要的訊息。

「彩苗妹妹、菲菲，外面愈來愈冷，你們趕快進到屋子裏來，免得凍着了。」晴天遠遠就看見來送彩筆果的彩苗，趕緊熱情的招呼着。

「晴天姊姊，我帶來了你要的橘色彩筆果，你打算用來做甚麼啊？」

「唉，這幾年山中的雪雲團
愈來愈厚，老是見不到陽光。才
想將播報台塗成橘色，讓村民多感受
一些溫暖。彩苗，你要幫我畫嗎？」晴天
邊說邊嘆氣。

「當然好呀！但是能
讓我畫別的東西嗎？我相
信一定能讓村民感受到溫
暖的。」彩苗露出了自信
的微笑。

說完，她便爬到播報台
的屋頂上，用彩筆畫上大大
的橘色太陽，還帶着閃耀的溫
暖光芒。

「叮鈴～～叮鈴～～叮鈴」輕脆悅耳
　　dīng líng　　　　dīng líng　　　　dīng líng　　　　qīng cuì yuè ěr

的聲音又出現了，不到一會兒，雪雲團逐
de shēng yīn yòu chū xiàn le　bú dào yì huǐr　xuě yún tuán zhú

漸散去，太陽公公開始露臉了。
jiàn sàn qù　tài yáng gōng gong kāi shǐ lòu liǎn le

晴天看見了，趕快站上播報台，用歌
聲廣播天氣狀況。

得知溫暖的陽光露
臉，村民和小動物紛紛前
來遊玩、大大伸展着四肢，
享受着難得的日光浴。

大家紛紛向晴天道謝，謝謝她帶來
dà jiā fēn fēn xiàng qíng tiān dào xiè   xiè xiè tā dài lái

了陽光，晴天則手指向站在一旁的彩苗，
le yáng guāng qíng tiān zé shǒu zhǐ xiàng zhàn zài yì páng de cǎi miáo

「這一切都是彩苗的功勞喔。」
zhè yí qiè dōu shì cǎi miáo de gōng láo ō

彩苗對於能夠完成晴天的心願，讓村
cǎi miáo duì yú néng gòu wán chéng qíng tiān de xīn yuàn ràng cūn

民享受到暖暖的陽光，心中非常的高興。
mín xiǎng shòu dào nuǎn nuǎn de yáng guāng xīn zhōng fēi cháng de gāo xìng

陷入兩難的泥沼
xiàn rù liǎng nán de ní zhǎo

回到家的彩苗，看着剩下的紫色和
huí dào jiā de cǎi miáo kàn zhe shèng xià de zǐ sè hé

藍色彩筆果，心中盤算着：最珍貴的藍
lán sè cǎi bǐ guǒ xīn zhōng pán suàn zhe zuì zhēn guì de lán

色彩筆果，她要自己留着，完成那幅畫
sè cǎi bǐ guǒ tā yào zì jǐ liú zhe wán chéng nà fú huà

作；紫色彩筆果沒有人預訂，她決定送
zuò zǐ sè cǎi bǐ guǒ méi yǒu rén yù dìng tā jué dìng sòng

去給藍心。
qù gěi lán xīn

身為雪田花的設計
shēn wéi xuě tián huā de shè jì

師，藍心每年都期待採
shī lán xīn měi nián dōu qí dài cǎi

用新色彩，來幫雪田花染
yòng xīn sè cǎi lái bāng xuě tián huā rǎn

色。但不巧的是，她在春
sè dàn bù qiǎo de shì tā zài chūn

天時預定的黃色，並沒
tiān shí yù dìng de huáng sè bìng méi

有成功的結出果實！
yǒu chéng gōng de jié chū guǒ shí

彩苗帶
cǎi miáo dài

着忐忑的心
zhe tǎn tè de xīn

情，要將紫
qíng yào jiāng zǐ

色彩筆果送
sè cǎi bǐ guǒ sòng

去給藍心。
qù gěi lán xīn

菲菲：「藍心
fēi fēi lán xīn

姊姊，我們把
jiè jie wǒ men bǎ

彩筆果送過來
cǎi bǐ guǒ sòng guò lái

了。」
le

「太好了，我正等着黃色彩筆果呢！今年設計出來的雪田花，只剩下染色就大功告成了。」藍心充滿期待。

「不好意思，今年沒有種出黃色的彩筆果，不過你看，紫色彩筆果也很美喔！」彩苗語帶抱歉的說。

雪花飄啊飄

材料

＊正方形的色紙數
張、鉛筆、剪刀

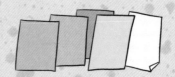

作法

1. 將色紙先對角摺出三角形，再對摺一次，最後攤開成大三角形的樣子。

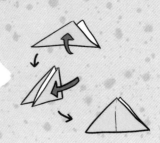

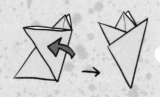

2. 如圖，將三角形的左、右兩邊，分別往左上及右上摺。（底端要剛好跟中線底端在同一個點上）

3. 再對摺一次。

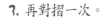

4. 畫出想要的雪花造形。

5. 用剪刀沿着線條，將多餘的部分剪掉，再小心的將色紙展開即可。

★ 你還可以剪出更多雪花形狀喔！

雪花1 作法

同前頁教學做步驟①～③，
步驟④可改畫不一樣或
喜歡的雪花形狀，
並將多餘的部分剪掉，
最後小心攤開即可。

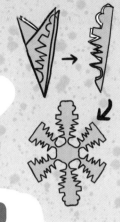

雪花2 作法

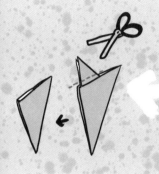

1. 同前頁教學做步驟①～③。
2. 如左圖，
   將紙斜剪出需要的圖案。

3. 畫出雪花圖案。
4. 依照圖示，將不要的部分
   剪掉，就會剪出一個漂亮
   的雪花圖案。

就算沒有雪雲，也
可以自己剪出雪花
來增添氣氛或布置
環境喔！

「哎呀！紫色的去年已經用過了，我
需要新的色彩才行！雪田花必須不斷推陳
出新，才能跟山下的人換到我們需要的牛
奶。如果沒有人要，可就慘了。」全村牛
奶都倚靠雪田花換購，藍心不
禁擔憂了起來。

「可是，現在只剩下紫色的彩筆
　　 kě shì　　xiàn zài zhǐ shèng xià zǐ sè de cǎi bǐ

果了……」彩苗無奈的說。
guǒ le　　　　　　 cǎi miáo wú nài de shuō

　　「唉，這樣一來，恐怕換不到牛
　　　 āi　　 zhè yàng yì lái　　　 kǒng pà huàn bú dào niú

奶了。」
nǎi le

　　彩苗看見藍心煩惱的樣子，內心
　　　 cǎi miáo kàn jiàn lán xīn fán nǎo de yàng zi　　 nèi xīn

也跟着不安起來。
yě gēn zhe bù ān qǐ lái

　　「那我再回去想想辦法吧。」
　　　 nà wǒ zài huí qù xiǎng xiǎng bàn fǎ ba

43

聆聽不同聲音

彩苗一路上沉默不語，心中不斷掙扎。好不容易種出了珍貴、罕見的藍色彩筆果，可以把自己的畫完成。但是今年沒有藍心需要的黃色彩筆果，就只剩下紫色和藍色彩筆果了⋯⋯

「彩苗姊姊，你在煩惱剛剛的事情
嗎？」菲菲看着彩苗悶悶不樂的樣子，
知道她一定為了藍心在思考。

　　彩苗點了點頭，「真的很苦惱呀，
快幫我想想辦法。」

「我覺得應該讓雪田花染上稀有的藍色，換到大家都需要的牛奶。」菲菲誠心的提出看法。

「這幾天，我幫助大家完成心願。我也想完成自己的夢想，所以真的

很想把藍色的彩筆果留下來……」彩苗
hěn xiǎng bǎ lán sè de cǎi bǐ guǒ liú xià lái　　　cǎi miáo

有點哀怨的說。
yǒu diǎn āi yuàn de shuō

　　菲菲：「那麼，不如去聽聽其他村民
　　fēi fēi　　　nà me　　bù rú qù tīng tīng qí tā cūn mín

的想法，如何？」
de xiǎng fǎ　rú hé

　　「好吧！」彩苗一臉無奈，但是一時
　　hǎo ba　　cǎi miáo yì liǎn wú nài　dàn shì yì shí

也拿不定主意，只好接受菲菲的建議。
yě ná bú dìng zhǔ yì　zhǐ hǎo jiē shòu fēi fēi de jiàn yì

「彩苗，你的畫作已經畫了好多年，我好想早日看到它完成喔，相信它一定能讓大家驚豔的。」美美婆婆滿心期待的說。

「牛奶對村民來說很重要，應該要優先考慮喔。」虹妮聽完彩苗的問題後，說出自己的想法。

「彩苗的畫作
cǎi miáo de huà zuò

要是完成了，一定
yào shì wán chéng le yī dìng

會帶來很多驚喜和
huì dài lái hěn duō jīng xǐ hé

希望，但是村民也
xī wàng dàn shì cūn mín yě

需要有牛奶，真是傷腦筋耶！」溫柔、
xū yào yǒu niú nǎi zhēn shì shāng nǎo jīn yé wēn róu

體貼的晴天，不知道該怎麼
tǐ tiē de qíng tiān bù zhī dào gāi zěn me

選擇才好。
xuǎn zé cái hǎo

接下來，彩苗和菲菲又陸續向幾位村民詢問意見。

結果多數的村民都希望能讓雪田花染上新色彩，讓大家都能得到足夠的牛奶。

「染上藍色的雪田花，可以換到很多牛奶，滿足村民的需要……」彩苗拿起藍色的彩筆果，喃喃自語。

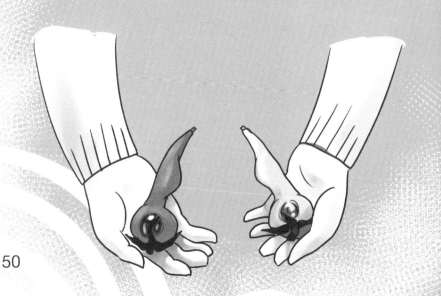

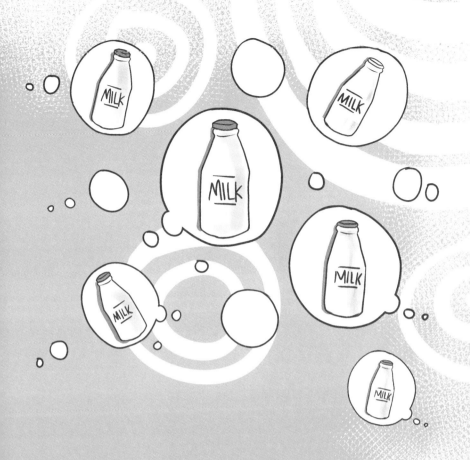

接着，她又拿起了紫色彩筆果，
jiē zhe tā yòu ná qǐ le zǐ sè cǎi bǐ guǒ

「雖然紫色不是最新的色彩，但美麗
suī rán zǐ sè bú shì zuì xīn de sè cǎi dàn měi lì

的雪田花還是會有很多人喜歡的，說
de xuě tián huā hái shì huì yǒu hěn duō rén xǐ huan de shuō

不定仍然可以換到足夠的牛奶……」
bù dìng réng rán kě yǐ huàn dào zú gòu de niú nǎi

「對啊！說不定還是能換到足夠的牛奶！」彩苗突然像是得到了解答，語氣十分振奮。

菲菲也同意的說：「彩苗姊姊，你說得有道理，我們先看看可以換到多少牛奶吧，如果還是不夠，再另外想辦法。」。

彩苗拿着紫色彩筆果再度去找藍心，對她表達想法。

「藍心姊姊，請你將雪田花再次染上紫色，試試看能換到多少牛奶，如果真的不夠，我們再想別的辦法。」

藍心聽了，勉強答應：「好吧！只能
盡量試試看了。」

彩苗開心的主動提出幫忙，菲菲也一
起加入。

幾天後，透明的雪田花都換上了充滿
神祕風情的紫色新衣。

「哇～～好美喔！」菲菲發出驚呼。

「那一閃、一
閃的紫色光芒，
真是令人賞心悅

目。」彩苗忍不住讚賞。

最滿意這成果的，當然就是藍心

了，她感動的說：「這些雪田花，比

去年更完美、更出色！我有信心可以

換到足夠的牛奶，謝謝你們。」

出發！交換雪田花
chū fā jiāo huàn xuě tián huā

從山頂的雪田村到山下有很長一段路，
cóng shān dǐng de xuě tián cūn dào shān xià yǒu hěn cháng yí duàn lù

清晨就出發的藍心，一直到了傍晚才抵達山
qīng chén jiù chū fā de lán xīn yì zhí dào le bàng wǎn cái dǐ dá shān

腳的村莊。
jiǎo de cūn zhuāng

「藍心，你來了，大家都在等待最新的
lán xīn nǐ lái le dà jiā dōu zài děng dài zuì xīn de

雪田花呢！」一位熟識的村民跟她打招呼。
xuě tián huā ne yí wèi shóu shi de cūn mín gēn tā dǎ zhāo hū

「我準備了一些新鮮的牛奶，等着跟你
wǒ zhǔn bèi le yì xiē xīn xiān de niú nǎi děng zhe gēn nǐ

交換喔。」另一位村民笑着對她說。
jiāo huàn ō lìng yí wèi cūn mín xiào zhe duì tā shuō

藍心才剛到村莊，消息馬上就傳開了，
lán xīn cái gāng dào cūn zhuāng xiāo xí mǎ shàng jiù chuán kāi le

不論男女老少都興奮又好奇，全聚在藍心身
bú lùn nán nǚ lǎo shào dōu xīng fèn yòu hào qí quán jù zài lán xīn shēn

邊，等着揭開今年雪田花的樣貌。

在一番準備之後，藍心小心的將雪田

花一一攤開，呈現在羣眾的眼前。

紫色雪田花在夕陽的照射下，像是
zǐ sè xuě tián huā zài xì yáng de zhào shè xià xiàng shì

灑上了金粉，光彩眩目、閃閃動人！
sǎ shàng le jīn fěn guāng cǎi xuàn mù shǎn shǎn dòng rén

「是紫色的雪田花耶，看起來好美
shì zǐ sè de xuě tián huā yē kàn qǐ lái hǎo měi

喔！」
ô

「咦？跟去年的顏色一樣，那我
yí gēn qù nián de yán sè yí yàng nà wǒ

不要了。」另一位村民失望的說。
bú yào le lìng yì wèi cūn mín shī wàng de shuó

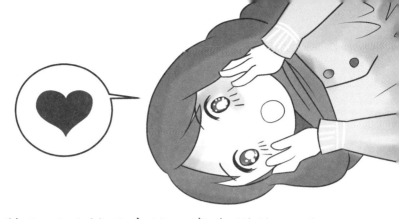

對山下的村民來說，每年變換不同
duì shān xià de cūn mín lái shuō měi nián biàn huàn bù tóng
色彩的雪田花，總是令人充滿期待。雖
sè cǎi de xuě tián huā zǒng shì lìng rén chōng mǎn qí dài suī
然紫色雪田花依舊很美，甚至比去年更
rán zǐ sè xuě tián huā yī jiù hěn měi shèn zhì bǐ qù nián gèng
加精緻，但似乎少了一點驚喜的感覺。
jiā jīng zhì dàn sì hū shǎo le yì diǎn jīng xǐ de gǎn jué

看來紫色雪田花受歡迎的程度，不
kàn lái zǐ sè xuě tián huā shòu huān yíng de chéng dù bù
如去年，到底能夠換到多少的牛奶呢？
rú qù nián dào dǐ néng gòu huàn dào duō shǎo de niú nǎi ne
藍心不禁擔心起來。
lán xīn bù jīn dān xīn qǐ lái

雪白冰淇淋

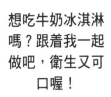
想吃牛奶冰淇淋嗎？跟着我一起做吧，衛生又可口喔！

材料

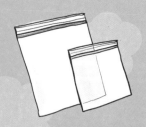

＊果醬或糖適量

＊冰塊 300 ml　　＊牛奶 200 ml

＊鹽（與冰塊比例為 1：3）100 ml

＊水果丁（依照個人口味）
　適量

＊脆笛酥　1　根

＊食品級夾鏈袋（大）一個

＊食品級夾鏈袋（小）一個

作法

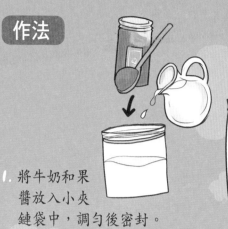

1. 將牛奶和果醬放入小夾鏈袋中，調勻後密封。

4. 開始用力的搖袋子，讓牛奶能均勻降　。（注意力道，別把袋子弄破了。）

2. 將鹽和冰塊放入大夾鏈袋中，拌勻。此時因為吸熱作用，會讓　度急速下降。

5. 約十分鐘後，牛奶冰淇淋就完成啦！

3. 將小牛奶袋放入大冰塊袋之中，再密封起來。

6. 將冰淇淋裝於盤中，再加上水果丁、脆笛酥裝飾，可口的牛奶冰淇淋就完成了！

藏於畫中的祕密
cáng yú huà zhōng de mì mì

每一年，彩苗都會留下一顆彩筆
měi yì nián cǎi miáo dōu huì liú xià yì kē cǎi bǐ

果，為自己的圖畫上色。若是剩下重
guǒ wèi zì jǐ de tú huà shàng sè ruò shì shèng xià chóng

覆的顏色，就只能等待下
fù de yán sè jiù zhǐ néng děng dài xià

個冬天的來臨。
ge dōng tiān de lái lín

看着家中那
kàn zhe jiā zhōng nà

幅好久不見的未
fú hǎo jiǔ bú jiàn de wèi

成品，那確實是
chéng pǐn nà què shí shì

一幅值得讚賞的
yì fú zhí de zàn shǎng de

作品。而現在，
zuò pǐn ér xiàn zài

只剩下一處空白
zhǐ shèng xià yí chù kōng bái

了……
le

「終於可以將這幅畫完成了，好期待喔！」菲菲興奮的跳來跳去。

彩苗笑了笑，手上緊握着期待已久的藍色彩筆果，幾次深呼吸之後，在畫布上揮舞的雙手就再也沒停過了。那專注的模樣，簡直就是一位大畫家。

在彩苗的巧手下，畫作終於完成。
zài cǎi miáo de qiǎo shǒu xià　huà zuò zhōng yú wán chéng

「哇！畫得好棒喔，畫中的色彩繽紛
wā　huà de hǎo bàng ō　huà zhōng de sè cǎi bīn fēn

而美麗。」菲菲稱讚的說。
ér měi lì　fēi fēi chēng zàn de shuō

「這真是值得紀念的一刻，我終於完成多年的夢想了。」彩苗一邊開心的說着，一邊用手抹去額頭上的汗珠，卻不小心將藍色的顏料沾上了額頭。

「哈哈，你的額頭沾到顏色了，我來幫你擦掉。」

菲菲拿來一條毛巾，正準備幫彩苗擦額頭，沒想到，這時候顏料又化身為藍色蝴蝶，在彩苗身邊飛翔，接着在她耳畔輕輕的說：「今年

的彩筆果，擁有不
一樣的力量，可以
完成村民小小的心
願喔！」說完，蝴
蝶便消失了。

　　彩苗拍了拍額
頭，「哎呀，我都
忘了這件事。可是
藍色彩筆果已經被
我用掉了，不能再
許願了啦！」

「該不會……願望就藏在這幅畫作中？」菲菲站在畫作前，比剛剛更加仔細的端詳着，「彩苗姊姊，這藍色的區塊，剛好襯托村民正在擠牛奶，對不對？」

「沒錯呀，是村民正在擠牛奶。怎麼了嗎？」彩苗一頭霧水。

「我覺得，這就是雪田村所有人的心
　wǒ jué de　 zhè jiù shì xuě tián cūn suǒ yǒu rén de xīn

願喔！」菲菲大膽的說出推測。
yuàn ō　 fēi fēi dà dǎn de shuō chū tuī cè

「你是指⋯⋯喔！原來如此呀！」聽
　nǐ shì zhǐ　　 ō　 yuán lái rú cǐ ya　　 tīng

懂了菲菲的意思，彩苗露出了驚喜萬分的
dǒng le fēi fēi de yì sī　 cǎi miáo lòu chū le jīng xǐ wàn fēn de

表情。
biǎo qíng

最珍貴的願望
zuì zhēn guì de yuàn wàng

藍心將剩下的紫色雪田花，收到玻璃
lán xīn jiāng shèng xià de zǐ sè xuě tián huā　shōu dào bō lí

罐裏面，心中覺得真是太可惜了。
guàn li miàn　xīn zhōng jué de zhēn shì tài kě xí le

從設計、染色到去山下交換，忙了不
cóng shè jì　rǎn sè dào qù shān xià jiāo huàn　máng le bù

少時日，最後卻只換到所需一半左右的
牛奶，這樣是絕對不夠的！

　　沒辦法，事到如今只好將牛奶平均
分配給每個村民，雖然不夠，但至少大
家都還能得到一些。

帶着沉重的心情與裝不滿
dài zhe chén zhòng de xīn qíng yǔ zhuāng bù mǎn
的牛奶瓶，藍心來到了播報
de niú nǎi píng lán xīn lái dào le bō bào
台。「晴天，我想請你幫忙廣
tái qíng tiān wǒ xiǎng qǐng nǐ bāng máng guǎng
播，讓村民過來領牛奶。」
bō ràng cūn mín guò lái lǐng niú nǎi
　　晴天正準備回答，卻見彩
qíng tiān zhèng zhǔn bèi huí dá què jiàn cǎi
苗和菲菲匆忙的跑了過來。
miáo hé fēi fēi cōng máng de pǎo le guò lái

「藍心姊姊，你有換到足夠的牛奶了嗎？」彩苗上氣不接下氣的問。

「唉，根本不夠，只有換到去年的一半。」藍心指着牛奶罐回答。

「那你稍等一下，我來想想辦法！」彩苗說完，隨即把剛完成的畫作拿了出來。

「好美的畫喔，恭喜你終於完
成了。」晴天替彩苗感到高興。

「你剛剛說的辦法，跟這幅畫
有關嗎？」藍心不解的問。

彩苗沒有回答，只誠心誠意的
對畫祈禱着：「親愛的彩筆果，我
希望有足夠的牛奶分送給村民，你
能完成我的心願嗎？」

74

「叮鈴 ～～叮鈴～～叮鈴」聲音從天
而降，畫中擠牛奶的婦人，從裏面飛了出
來，將擠好的牛奶，倒進牛奶罐中，直到
每一罐都填滿為止。

「太好了！彩筆果又幫我們達成一項心願了！」晴天開心的說。

「哇！這下大家都有足夠的牛奶了。」藍心也十分歡喜。

突然，畫作中的圖案竟一一飛了出來，變成了播報台上的壁畫，瞬間將播報台妝點得色彩繽紛。

大家被這一幕深深吸引着，看得目瞪口呆。

藍心不由自主的將雙手握在胸前，「真是太感人啦，彩苗妹妹的畫，讓雪田村變得不一樣了！」

晴天認同的說：「我就知道彩苗的
畫，一定可以帶來驚喜和希望的。」

菲菲點點頭，「好感動喔！」

「這是大家一起努力的成果，都是
為了我們居住的雪田村。」彩苗眼中泛
着淚光。

是啊，為了雪田村！想到村民，晴天趕緊播報，通知所有人前來領取牛奶，一起欣賞這個令人驚喜萬分的景色。

今年的冬天，雪田村不再只是銀白色的一片，還多了點色彩，以及更多的愛與溫暖。

快樂讀本‧中年級

雪田村的彩筆果

作　　者：阮聞雪

繪　　者：西桃

負責人：楊玉清

副總編輯：黃正勇

編　　輯：施縈亞

美術設計：游惠月

出　　版：文房(香港)出版公司

2017年11月初版一刷

定　　價：HK$38

ISBN：9978-988-8362-85-1

總代理：蘋果樹圖書公司

地　　址：香港九龍油塘草園街4號
　　　　　華順工業大廈5樓D室

電　　話：(852) 3105 0250

傳　　真：(852) 3105 0253

電　　郵：appletree@wtt-mail.com

發　　行：香港聯合書刊物流有限公司

地　　址：香港新界大埔汀麗路36號
　　　　　中華商務印刷大廈3樓

電　　話：(852) 2150 2100

傳　　真：(852) 2407 3062

電　　郵：info@suplogistics.com.hk

版權所有©翻印必究

本著保保留所有權利，欲利用本書部分或全部內容者，須徵求文房（香港）出版公司
同意並書面授權。本著作物任何圖片、文字及其他內容均不得擅自重印、仿製或以其
他方法加以侵害，一經查獲，必定追究到底，絕不寬貸。